Comme
dans un rêve

Antonia BARBER

Traduit de l'anglais par
Vanessa Rubio

Vous aimez les livres de la série

Ballerine

Écrivez-nous pour nous faire partager
votre enthousiasme :

Pocket Jeunesse - 12, avenue d'Italie - 75013 Paris

Tutus et pointes te font rêver ?
Comme Lucie et ses amies,
enfile justaucorps et chaussons,
pour faire tes premiers pas de danse.
Deviens une…

Ballerine

Titre original :
Model Dancers

Publié pour la première fois en 2000
par Puffin Books Ltd.

ISBN 2-266-12764-0

1

Un week-end de rêve

— D'accord... à samedi prochain, alors !

Lucie raccrocha et se tourna vers son amie Emma :

— Flora nous invite chez elle le week-end prochain. Elle nous a préparé un super programme : on va voir *West Side*

Story, on dort chez elle et on fera même un barbecue dans le jardin !

— Génial ! Et Jeremy ? Elle l'a invité aussi ?

— Bien sûr ! Tu te rends compte, elle appelait de son portable, la chance ! s'exclama Lucie. J'aimerais bien en avoir un…

— Moi aussi, mais mes parents ne veulent pas, soupira Emma. Ils disent que ça ne me servirait à rien.

Lucie hocha la tête.

— Flora en a vraiment besoin, elle. Avec ses rendez-vous pour les séances-photos, les spectacles…, il faut qu'elle soit joignable en permanence.

Les deux amies avaient rencontré Flora Rose (qui s'appelait en réalité Floriane Greene) à un stage de danse l'été dernier[1]. Elle menait déjà une vie de star, bien différente de la leur.

Lucie Lambert et Emma Browne vivaient dans la même maison, à Londres. Emma occupait le premier étage avec ses parents et son grand frère, qui était au collège en internat. Quant à Lucie, elle habitait au rez-de-chaussée avec sa mère, Jenny et son petit frère, Charlie. Même si elles adoraient toutes les deux la danse (Lucie rêvait de devenir danseuse étoile !), elles ne suivaient qu'un cours par semaine à l'école de danse de Mlle Maple.

Flora, elle, passait son temps à danser : classique, modern jazz, claquettes… En plus, elle prenait des cours de piano et

1. Lire Ballerine t. 6, *Une amie de plus*.

de chant. Résultat : elle donnait déjà des spectacles et avait remporté plusieurs prix. Et quand elle en avait le temps, elle posait pour des magazines en tant que mannequin.

— Je me demande comment elle y arrive ! soupira Emma. Moi, à sa place, je serais épuisée !

— Je crois que Jeremy a raison : Flora est une vraie pile électrique ! affirma Lucie.

Jamais elle ne l'aurait avoué, mais elle enviait un peu Flora Rose. Surtout, elle avait peur qu'elle lui vole Jeremy. Il était l'unique garçon de son cours de danse et son deuxième meilleur ami, après Emma. Lucie espérait une seule chose : que Jeremy devienne plus tard son partenaire de ballet. Le problème, c'était qu'il admirait beaucoup Flora et que, comme elle, il voulait jouer dans des comédies musicales. Il y avait de quoi être un peu jalouse, non ?

— Flora aurait sûrement accepté que tu invites ton meilleur ami… Tu sais… Paul, ajouta Lucie d'un air taquin.

Emma rougit légèrement.

— Ce n'est pas mon meilleur ami ! protesta-t-elle. C'est toi ma meilleure amie ! Paul est juste un copain… comme Jeremy.

Lucie prit l'air étonné.

— Ah bon ?

— Arrête de m'embêter, Lucie !

Les fillettes connaissaient Paul depuis peu. Il avait deux ans de plus qu'elles, mais il fréquentait la même école de danse. C'était un excellent danseur, qui venait d'être accepté à l'école du Royal Ballet [1].

— Je suis sûre que Flora aimerait le rencontrer… et que Paul adorerait voir *West Side Story*, insista Lucie.

— Non, protesta Emma, les comédies musicales, ce n'est pas trop son truc. Et puis… si j'en parle à Flora, elle l'invitera juste pour voir à quoi il ressemble, et elle m'embêtera sans arrêt et… et ça gâchera tout le week-end.

Lucie soupira. Emma était vraiment trop timide !

— C'est bon, ne t'énerve pas. Je ne lui en parlerai pas. Promis.

Lucie n'avait vraiment pas envie de gâcher ce fabuleux week-end…

1. Lire Ballerine t. 9, *Lucie a des soucis*.

2

Changement de programme

— *J'*espère qu'elle va venir nous chercher en Cadillac, fit Jeremy d'un ton rêveur. Tous les gens nous regarderont comme si on était des stars !

Ils étaient chez les Browne, en train de guetter la voiture de Flora par la fenêtre.

L'été dernier, Flora avait fait une arrivée sensationnelle au stage de danse. Son père l'avait amenée dans une superbe Cadillac rose toute chromée. Jeremy adorait les voitures et aujourd'hui, il avait l'air encore plus impatient de monter dans celle du père de Flora que de voir *West Side Story*!

Ils avaient dû se préparer en vitesse. La mère de Flora avait téléphoné tôt ce matin pour annoncer que, finalement, elle passerait chercher Lucie, Emma et Jeremy à dix heures et non après le déjeuner, comme prévu.

Les enfants s'attendaient tellement à voir une Cadillac qu'ils ne remarquèrent pas tout de suite le gros quatre-quatre qui se gara juste devant la maison.

Une drôle de petite tête apparut à la vitre arrière : on aurait dit un clown avec des cheveux bleus tout frisés ! Mais… c'était Flora Rose !

Ils la fixèrent, bouche bée.

— Waouh, siffla Jeremy. Qu'est-ce qu'elle a fait à ses cheveux ?

Ils n'eurent pas le temps de se poser plus de questions, car leur amie se précipitait déjà à leur rencontre.

— Alors ? Comment vous me trouvez ? demanda-t-elle. C'est top, non ?

Et elle éclata de rire.

— In-cro-yable ! s'exclama Lucie.

— C'est… euh… très original, souffla Emma. Tu as été à l'école comme ça hier ?

— Noooon, ça va pas ! C'est juste pour la séance-photo.

— Tes cheveux sont bleus maintenant. Comment tu vas faire ? insista Emma.

— La teinture partira au premier shampooing. En attendant, c'est chouette, hein ?

Ils hochèrent tous la tête.

Lucie allait demander à Flora de quelle séance-photo elle parlait lorsque Mme Greene les rejoignit. Perchée sur des talons monstrueusement hauts, elle s'avança jusqu'à eux pour les embrasser. Elle salua aussi les mères de Lucie et d'Emma venues leur dire au revoir.

— Excusez-nous pour le changement de programme, commença-t-elle. On a une séance-photo pour un catalogue de tenues de danse à onze heures. Elle aurait dû avoir lieu hier, mais le photographe a eu un accident de moto en venant au studio !

— Oh, j'espère qu'il n'a rien de grave, s'inquiéta Mme Browne.

— Non, il s'en tire juste avec une entorse et des béquilles. Les enfants viendront avec nous au studio et on filera ensuite au théâtre. Comme ça, on ne perd pas de temps. Mais il faut qu'on se dépêche car il y a des embouteillages terrrriiibles !

Les filles et Jeremy prirent leurs sacs, dirent au revoir et s'installèrent à l'arrière du quatre-quatre, qui démarra en trombe.

— Désolée pour la séance photo, s'excusa Flora. J'espère que vous n'allez pas trop vous ennuyer.

— Oh, non ! s'exclama Jeremy. Je

n'ai jamais assisté à ce genre de trucs. Ça doit être super !

— La première fois, peut-être… À force, ça devient carrément pénible.

Quarante-cinq minutes plus tard, le père de Flora les déposait devant un grand bâtiment ressemblant à un entrepôt, au bord de la Tamise.

— Je passerai vous prendre à la sortie du spectacle. Amusez-vous bien ! leur cria-t-il.

Sa femme lui adressa un petit signe de la main.

— À ce soir !

Alors qu'ils marchaient en direction de l'entrepôt, un taxi vint se ranger devant eux. Un homme armé d'une paire de béquilles sortit tant bien que mal de la voiture.

— Barry ! s'écria Mme Greene. Ne bouge pas, on te donne un coup de main.

La mère de Flora aida l'homme à sortir du taxi. Jeremy et les filles se chargèrent de son matériel de photo. Le pauvre, il avait du mal à marcher avec ses béquilles !

— Merci, fit-il. C'est vraiment sympa.

Mme Greene indiqua le chemin aux enfants. Au beau milieu de la façade du grand entrepôt, il y avait une toute petite porte rouge. La maman de Flora sonna à l'interphone et annonça :

— C'est Jackie et Flora… Barry est aussi avec nous.

On entendit un grésillement et la porte du studio s'ouvrit…

3

Mission photos

Un vieil ascenseur grinçant les conduisit jusqu'au dernier étage. Ils décou-
vrirent une pièce immense, éclairée par
de grandes fenêtres qui donnaient sur le
fleuve. Le plafond était très haut et qua-
drillé de rangées de spots éblouissants.
C'était donc ça, un studio-photo ! Au
milieu, sur une petite estrade se tenaient

trois filles coiffées exactement comme Flora Rose. Seule la couleur de leurs cheveux était différente. Violet pour l'une, rose et vert pour les deux autres. Elles portaient des justaucorps à paillettes et des collants brillants assortis à leurs cheveux.

Jeremy, Lucie et Emma ouvraient de grands yeux. Mme Greene leur trouva des chaises dans un coin. Ils se firent tout petits lorsqu'une jeune femme surgit un bloc-notes à la main.

— Flora ! cria-t-elle. On n'attendait plus que toi.

— Ça va, Suzie ! De toute façon, Barry n'est pas encore prêt, répliqua leur amie.

Elle leur fit un signe de la main avant de disparaître par une petite porte tout au fond du studio.

La mère de Flora aidait Barry à installer son appareil photo sur un pied quand une femme en tailleur entra dans la pièce. Elle était en train de téléphoner avec son portable.

— Rappelez l'agence ! Elles devraient déjà être là depuis une demi-heure !

Elle raccrocha brusquement et dit à Suzie :

— J'avais pourtant prévenu l'agence que la séance-photo était reportée à aujourd'hui ! Bien sûr, ils ont oublié. Résultat : on n'a pas de mannequin pour les pages « danse classique » !

— Et si on prenait les mêmes que pour le modern jazz ? suggéra Suzie.

Celle en tailleur lui lança un regard noir :

— Avec leurs coiffures de clown ? Ne sois pas idiote ! Bon, je retourne en bas les guetter…

Sur ce, elle ressortit de la pièce, en composant un nouveau numéro sur son portable.

— Oh, là, là ! On se croirait dans un film ! murmura Jeremy.

— C'est génial, renchérit Lucie. Dire que Flora vit ça tous les jours !

Juste à ce moment-là, la fillette sortit de la loge vêtue d'un justaucorps bleu à paillettes, parfaitement assorti à ses cheveux.

Les autres filles, en rose, violet et vert, étaient déjà installées sur l'estrade. Suzie leur fit prendre différentes poses. Elles devaient sauter en l'air avec les bras et les jambes écartés.

Barry, le photographe, leur donnait des instructions :

— Allez-y, les filles ! Sautez ! Oui, c'est ça ! Restez naturelles ! C'est bien.

— Quel boulot, commenta Jeremy.

— Je ne savais pas que les mannequins devaient sauter dans tous les sens comme ça, s'étonna Emma. Au contraire, je croyais qu'ils ne devaient pas bouger pendant qu'on les photographiait.

Soudain, un grand bruit les fit sursauter. Cling ! Clong ! Un trépied venait de s'effondrer. Barry l'avait renversé avec ses béquilles.

— Zut ! pesta-t-il. Je n'y arriverai jamais, je ne tiens pas debout ! Flora, où sont passés tes amis ?

— On est là, souffla Lucie d'une petite voix.

— Venez, vous allez vous rendre utiles.

Jeremy, Lucie et Emma se levèrent d'un bond et le rejoignirent.

— Toi, tu vas t'occuper des objectifs, dit Barry en tendant une grande mallette à Jeremy.

Emma fut chargée des filtres et Lucie des accessoires.

— Voilà, dorénavant, vous êtes mes assistants. Vous me passerez le matériel dès que je vous appellerai, O.K. ? demanda le photographe.

— O.K. !!! répondirent-ils d'une seule voix.

La maquilleuse vint repoudrer les visages de Flora et des trois autres filles, puis le travail reprit.

Les mannequins devaient sauter, faire la roue ou le poirier… tandis que Barry les mitraillait avec son appareil photo.

— Relève la tête… là, oui, très bien ! Un grand sourire maintenant… Oui, c'est ça ! Encore…

Chaque fois qu'il demandait un filtre ou un nouvel objectif, Jeremy ou Emma accourait avec le matériel. Lucie dut tenir à bout de bras un réflecteur : une sorte de gros parapluie blanc qui renvoyait la lumière vers les mannequins. C'était drôlement plus amusant que de rester à regarder !

Après chaque série de photos, les mannequins retournaient dans la loge. Quand elles revenaient avec d'autres tenues, Barry mettait une nouvelle pelli-

cule dans son appareil et c'était reparti…
Parfois, les filles devaient jouer avec
des cerceaux ou des ballons pour rendre
les photos plus amusantes. Bref, un
sacré boulot pour les mannequins, le
photographe… et ses assistants !

En plus, Jeremy, Lucie et Emma
commençaient à avoir faim.

— Pause après la prochaine prise,
décida la mère de Flora.

Mme Greene commanda une pizza.
Juste au moment où elle raccrochait le
téléphone, la femme en tailleur réap-
parut. En voyant Lucie et ses amis, elle
écarquilla les yeux.

— Ils sont arrivés et personne ne m'a
prévenue !

— Calme-toi, Éléonore, fit
Mme Greene. Ce n'est pas…

— Que je me calme ? Je cherche ces gamins depuis des heures !

— Ce sont des amis de Flora, ce ne sont pas des mannequins !

Éléonore la regarda, incrédule. Elle se tourna vers Lucie, Jeremy et Emma, les observa, puis, avec un petit sourire, elle répliqua :

— Eh bien, aujourd'hui, je vais en faire des stars !

4

Graines de stars

Lorsque le livreur de pizzas arriva, les autres mannequins étaient partis. Flora était en train de se démaquiller et Mme Greene discutait avec Éléonore.

— Venez, on va déjeuner sur la terrasse, proposa Barry à Lucie, Emma et Jeremy. Mes assistants ont bien mérité une petite pause !

Il ouvrit une grande porte-fenêtre qui donnait sur une vaste terrasse dominant la Tamise. C'était très agréable : il y avait une petite table, un parasol et des chaises de jardin.

Flora les rejoignit en courant :

— Eh, attendez-moi, j'ai faim, moi aussi ! Ça creuse d'être mannequin.

— Ne t'inquiète pas, on t'a gardé une part, la rassura Lucie.

Alors qu'ils mangeaient de bon appétit, ils entendirent des éclats de voix dans le studio. On aurait dit que la mère de Flora se disputait avec Éléonore.

Quelques minutes plus tard, elle sortit sur la terrasse et s'excusa :

— Désolée, Éléonore est un peu stressée en ce moment. J'espère qu'elle ne vous a pas fait peur.

— J'ai cru qu'elle allait nous jeter dehors, avoua Emma en rougissant.

Mme Greene s'esclaffa. C'était drôle : elle avait exactement le même rire que sa fille !

— Mais non, elle ne voulait pas vous chasser, bien au contraire. Elle a besoin de vous, les enfants. Vous savez, nous devions prendre ces photos hier, mais comme Barry a eu son accident, nous avons dû reporter la séance d'une journée.

Elle lui jeta un regard faussement accusateur, puis sourit avant de reprendre :

— Malheureusement, les mannequins qui devaient venir hier ne sont pas libres aujourd'hui, ils ont un spectacle je ne sais où… Bref, Éléonore a téléphoné à des tas d'agence, mais elle n'a trouvé personne pour les remplacer. On a le photographe, les décors, les tenues de danse… et pas d'enfants pour les porter ! Puisque vous êtes là, Éléonore a proposé que vous jouiez les mannequins. Elle trouve que vous avez le bon look !

Elle marqua une petite pause pour voir comment les enfants accueillaient sa proposition. Ils restèrent un moment bouche bée. Comme d'habitude, c'est Lucie qui retrouva l'usage de la parole la première :

— Jeremy, Emma et moi, on va poser pour le catalogue ? Comme Flora ?

— Je… je n'ai jamais posé pour des photos de mode, bégaya Emma, paniquée. Je ne sais pas faire la roue ni sauter en l'air, moi !

— Pas la peine, la rassura Flora. Vous devrez juste faire des pliés, des tendus, prendre des positions de danse classique avec vos jolis tutus, c'est tout.

— Génial ! s'exclama Lucie. Alors, c'est bon, vous avez dit oui ?

— Oui, si ça vous plaît, répondit Mme Greene. Mais il faut d'abord qu'on appelle vos parents pour avoir leur autorisation.

— Ce sera sans moi, répliqua Jeremy. Pas question que je mette un tutu à frou-frous !

La mère de Flora pouffa.

— Il y a aussi des tenues pour les garçons ! Alors, on appelle vos parents ?

Lucie, Emma et Jeremy se consultèrent du regard, puis ils hochèrent la tête tous les trois ensemble.

— C'est parti ! s'exclama Mme Greene en tendant son portable à Lucie.

Celle-ci composa le numéro, les doigts tremblant d'excitation. Puis elle attendit. À l'autre bout de la ligne, le téléphone sonna une fois, deux fois, trois fois… Oh, non ! Personne ne répondait. Elle laissa un message sur le répondeur, la gorge serrée. Sans l'autorisation de sa mère, pas question de jouer les mannequins !

Heureusement, lorsque Mme Greene appela les Browne, la mère d'Emma lui apprit que Jenny Lambert et Charlie étaient venus déjeuner chez elle. La maman de Flora discuta un moment avec

Mme Browne, puis avec Jenny, et elle tendit le portable à Lucie.

— Ta mère veut te dire un mot.

Lucie s'empara de l'appareil.

— Allô, maman ?

— Allô, ma puce ? Vous voulez vraiment faire ces photos, Emma et toi ?

— Oh oui, oui ! S'il te plaît, maman !

— D'accord, d'accord. Du moment que ça vous fait plaisir.

Ensuite, Lucie passa le téléphone à Emma. Elle parla un moment avec sa mère. Même si elle était un peu angoissée, elle voulait participer, comme Lucie et Jeremy. Après avoir eu l'autorisation de sa mère, elle rendit le portable à Mme Greene.

— Je vais négocier les contrats pour vous, expliqua-t-elle. Je vous obtiendrai

les meilleures conditions, ne vous inquiétez pas.

Elle raccrocha, puis appela la grand-
mère de Jeremy.

Pendant ce temps, Flora chuchotait :

— Ouh là, là ! Si c'est maman qui
négocie vos contrats, vous êtes entre de
bonnes mains. Éléonore est coincée, elle
paiera ce que maman lui demandera.

Emma ouvrit de grands yeux.

— Comment ça ? Qui doit payer ? Je
ne savais pas que c'était payant…

Flora pouffa.

— C'est *vous* qui allez être payés !
Tu sais, les mannequins ne travaillent
pas gratuitement.

— Mais… on n'est pas mannequins,
protesta Emma.

— Si, à partir d'aujourd'hui, tu es un mannequin, Emma ! répliqua Flora.

— Attends ! intervint Lucie. Tu veux dire qu'on va porter des tutus magnifiques, avoir notre photo dans un catalogue et, en plus, recevoir de l'argent ?

— Tu as tout compris !

— Oh, là, là ! Je rêve, ce n'est pas possible ! s'écria Lucie en battant des mains. En tout cas, si c'est un rêve, je ne veux pas me réveiller !

5

Des photos,
encore des photos !

*L*ucie se regarda dans le miroir. Sur ses cheveux bien tirés en chignon, la coiffeuse avait posé un diadème scintillant. Puis la maquilleuse lui avait mis de la poudre, du blush, du brillant à lèvres et même du mascara noir pour allonger ses cils. Elle se reconnaissait à peine !

— Ouh, là, là ! J'ai l'air d'une grande, comme ça ! souffla-t-elle.

La maquilleuse sourit.

— On est obligé de forcer un peu le maquillage pour les photos sinon, avec les spots, tu aurais l'air d'un fantôme !

Emma prit sa place dans le fauteuil et regarda son visage se transformer, l'air inquiet. Puis ce fut au tour de Jeremy.

Lucie était étonnée qu'il ne proteste pas. Elle aurait cru qu'un garçon refuserait de se faire maquiller !

Mais il haussa les épaules.

— Il faut que je m'habitue à être maquillé. Ça fait partie du métier.

Suzie vint chercher Emma et Lucie.

— Allez les filles, on n'attend plus que vous.

Lucie et Emma avaient revêtu un grand tutu en tulle blanc. Dans le studio, Barry leur demanda de s'installer devant une immense photo, représentant un lac voilé de brume, et de poser, les yeux baissés, comme les cygnes du *Lac des Cygnes*. Maintenant, c'était Flora et sa mère qui aidaient le photographe à changer d'objectif et de filtre.

Lucie était surexcitée. Elle avait du mal à garder son sérieux.

— Arrête de sourire comme ça, Lucie ! ordonna Barry. Tu es un cygne mystérieux pas un joyeux petit canard qui barbote dans l'eau !

Emma et Lucie explosèrent de rire. Elles gloussaient tellement qu'elles durent s'asseoir pour retrouver leur calme. Aussitôt, la maquilleuse vint leur repoudrer le bout du nez.

Quand elles reprirent la pose, Lucie se concentra : il fallait qu'elle ait l'air mystérieux. « Décidément, songea-t-elle, le métier de mannequin n'est pas si facile que je le croyais ! »

Ensuite, Jeremy vint les rejoindre, vêtu de collants noirs et d'une grande chemise blanche.

Clic ! Clac ! Barry les mitraillait avec son appareil : il prenait des centaines de photos ! « Avec tout ça, se dit Lucie, il aura de quoi faire des tas de catalogues ! » Et hop ! Une nouvelle pellicule ! Les filles durent se changer : cette fois, Lucie avait un justaucorps rose pâle et un tutu blanc orné de petites roses en satin, tandis que celui d'Emma, de couleur mauve, était brodé de grappes de lilas.

Lucie caressa une rose du bout des doigts.

— Tu crois qu'on pourrait garder un tutu au lieu d'être payées ?

— Oh non, à mon avis, ils coûtent une fortune ! soupira Emma.

Le sien, avec ses fleurs brodées, lui plaisait énormément.

Les fillettes retournèrent dans le studio : un paysage de neige avait remplacé le décor du *Lac des Cygnes*.

Barry leur donna des instructions pour prendre la pose.

— Lève la tête, ma petite rose ! Oui, oui c'est bien… Et toi, ma petite fée mauve, souris un peu… Voilà ! C'est bon, on enchaîne avec une autre tenue.

Lucie et Emma filèrent dans les loges, un peu tristes de devoir ranger les magnifiques tutus dans leur boîte.

Enfin, Jeremy, Lucie et Emma se retrouvèrent en justaucorps et collants, leur costume habituel au cours de danse. Ils furent photographiés dans des ensembles de différentes couleurs. Barry fit aussi quelques gros plans des chaussons, pointes et demi-pointes… Puis il annonça :

— C'est fini pour aujourd'hui !

Épuisée, Emma se laissa tomber sur une chaise.

— Je ne pensais pas que ce serait si dur.

Flora lui tapota l'épaule.

— Avec le temps, on s'habitue.

— Parfait, les enfants ! les félicita Mme Greene. Vous êtes de très bons mannequins !

— C'était rigolo, reconnut Jeremy. J'espère seulement que ce catalogue ne tombera jamais entre les mains de mes copains.

— Tu es fou ! Je vais le montrer à toute l'école ! répliqua Lucie.

— Si tu fais ça, je te tue !

6

La gaffe de Lucie

$\mathcal{M}$^{me} Greene les emmena dîner dans un petit restaurant qu'elle connaissait, avant le spectacle. Tout en grignotant ses frites, Lucie se repassa le film de la journée dans sa tête : c'était vraiment le rêve ! Elle avait adoré essayer ces magnifiques tutus et, en plus, elle allait gagner un peu d'argent pour la première fois de sa vie ! Elle décida de garder la somme pour payer ses cours de danse. Maintenant que sa mère avait trouvé un travail, elles avaient moins de problèmes financiers, mais tout de même. « Je paierai mes cours toute seule avec mes sous… » se dit-elle, très fière.

Flora interrompit Lucie dans ses pensées :

— Vous allez adorer le spectacle. Je l'ai déjà vu trois fois : c'est génial !

Puis, devant leur air surpris, elle expliqua :

— Maman connaît la chorégraphe, elles étaient dans la même troupe quand elles étaient jeunes. C'est elle qui nous donne les places gratuitement.

— Vous ferez pareil quand vous serez célèbres, hein ? demanda Emma. Vous m'enverrez des billets pour que je puisse venir voir vos spectacles, les ballets de Lucie et les comédies musicales de Flora.

— Et Jeremy alors ? demanda Flora.

Ouh là, sujet tabou ! Emma bafouilla :

— Euh… je ne sais pas. Jeremy jouera peut-être aussi dans des comédies musicales.

Le garçon ne répondit pas. Il continuait à manger tranquillement.

Flora insista :

— Tu veux faire des comédies musicales, c'est vrai ?

Il haussa les épaules.

— C'est chouette, les comédies musicales, fit-il d'un air détaché.

— Les ballets de danse classique aussi, intervint Lucie, qui rêvait toujours de danser son premier ballet avec lui.

45

— Oui, oui, j'aime les deux, reconnut Jeremy.

— Il faudra bien que tu choisisses, reprit Flora.

Le garçon fronça les sourcils. Il n'avait pas l'air de vouloir répondre.

— Tu sais, Jeremy, on ne se moquera pas, assura Lucie.

— Pourquoi tu dis ça ? s'étonna-t-il.

Lucie toussota, gênée.

— Euh… eh bien… Comme Paul. Il n'osait pas dire qu'il voulait devenir danseur étoile, parce que la plupart des gens pensent que la danse classique, ce n'est pas pour les garçons.

Flora leva la tête, intriguée.

— C'est qui, ce Paul ?

« Oups ! quelle idiote » se dit Lucie. Elle avait promis à Emma de ne pas parler du garçon ! Trop tard ! Elle jeta un coup d'œil à son amie, qui était déjà devenue rouge comme une cerise. Heureusement, Flora n'avait rien remarqué.

— C'est un garçon de notre cours de danse, expliqua Lucie. Il a réussi l'audition pour entrer à l'école du Royal Ballet.

— Ouah, la chance ! s'exclama Flora. C'est génial !

Lucie la regarda, surprise.

— Tu aimerais rentrer au Royal Ballet ? Il n'y a que les comédies musicales qui t'intéressent, non ?

Son amie haussa les épaules.

— Je suis juste trop petite pour la danse classique. Sinon, j'aurais bien aimé devenir ballerine…

Elle resta songeuse un moment, puis éclata de rire.

— Par contre, je chante bien ! C'est capital pour tenir le premier rôle dans une comédie musicale.

— Alors la question est réglée : Jeremy chante comme une casserole ! s'exclama Lucie. L'autre jour, j'étais à côté de lui à la chorale de l'école, c'était l'horreur !

Vexé, Jeremy répliqua :

— Je veux devenir *danseur* ! Pas chanteur !

— Oui, mais Flora a raison : tu ne pourras jamais avoir le premier rôle dans une comédie musicale !

— Eh bien, Flora sera la star !

Ouh la la ! Jeremy semblait énervé ! Tant pis, Lucie insista… Elle avait une petite idée derrière la tête.

— … Alors que si tu continues la danse classique, tu pourras être danseur étoile !

— Pffff ! La seule chose qui t'intéresse, c'est que je danse avec toi, que je te soulève dans les portés. Mais tu t'imagines toujours que ce sera toi, la star, avec ton beau tutu blanc !

Aïe ! Jeremy avait visé juste. C'était vrai : dans tous ses rêves, Lucie jouait le premier rôle. Jeremy lui avait bien cloué le bec !

Heureusement, Mme Greene intervint :

— Vous avez encore le temps de choisir, les enfants… Rien ne presse ! Allez, on commande les desserts et on file au théâtre !

7

Quel spectacle !

Leurs billets les attendaient au guichet du théâtre, glissés dans une petite enveloppe au nom de Mme Greene. En lisant le mot qui les accompagnait, elle sourit.

— Oh, vous êtes gâtés, les enfants !

Elle tendit les places à l'ouvreuse qui les accompagna… jusqu'au premier rang !

Quel spectacle !

Lucie n'en revenait pas : quelle chance, ils étaient au milieu, juste devant la scène ! Elle s'enfonça avec délice dans le fauteuil en velours moelleux et attendit que les lumières s'éteignent. Le rideau se leva avec lenteur, découvrant un décor de ruelle à l'abandon. Ça avait l'air incroyablement vrai !

Quand les premiers acteurs entrèrent en scène, Lucie retint son souffle, impressionnée. Elle connaissait la musique par cœur, à force de regarder le film en cassette. Sauf que là, elle était à quelques centimètres des artistes en chair et en os : presque « dans » le spectacle.

À un moment, l'un des Sharks se jeta sur un garçon du gang rival, les Jets. Il bondit dans les airs… Instinctivement Lucie recula dans son fauteuil. « Il va me tomber dessus ! » s'affola-t-elle. Mais non, le danseur atterrit avec grâce juste au bord de la scène. Ouf !

Les artistes étaient tellement près que Lucie voyait la sueur perler sur leur front. Pour la première fois de sa vie, elle réalisa à quel point ce devait être difficile de jouer dans un spectacle comme celui-ci. L'action, les déplacements étaient réglés au millimètre. Les artistes sautaient, dansaient, couraient et, en plus, ils devaient chanter !

Elle était bien contente d'avoir choisi la danse classique…

8

Dans les coulisses...

— J'ai adoré la première scène ! s'écria Jeremy. Vous avez vu quand ce danseur a failli tomber sur le public ? C'était génial !

— Oh, il fait le coup à chaque représentation, expliqua Flora. Mais il atterrit toujours pile au bon endroit. Tout est prévu.

C'était l'entracte : les enfants se remettaient de leurs émotions en mangeant une bonne glace, enfoncés dans leurs confortables fauteuils. Mme Greene était allée leur acheter des esquimaux, puis elle avait disparu par une petite porte sur le côté de la scène.

— Moi, ce que j'ai préféré, c'est quand Maria et Tony sont dans la boutique de robes de mariée, avoua Lucie avec un soupir rêveur.

— C'est bien une scène pour les filles, ça ! se moqua Jeremy.

Lucie allait répliquer, mais Emma intervint :

— Moi, j'ai adoré quand ils chantent *America*. Vous savez, c'est la scène qu'on a jouée au stage d'été.

Lucie hocha la tête.

— Pas mal, c'est vrai… Les danseurs étaient presque aussi bons que nous !

Ils éclatèrent tous de rire.

La fin de l'entracte approchait, les spectateurs regagnaient leurs places. Or, pas de trace de Mme Greene. Qu'est-ce qui avait bien pu se passer ? Enfin, elle arriva essoufflée, juste à temps pour le lever de rideau. Tout allait bien : elle avait le sourire aux lèvres.

Lucie et Emma connaissaient *West Side Story* par cœur, pourtant elles eurent les larmes aux yeux quand Tony se retrouva séparé de Maria. Heureusement, la mère de Flora avait prévu un paquet de mouchoirs en papier : elle en fit une distribution générale aux filles.

Quand la troupe salua à la fin du spectacle, les enfants applaudirent à en avoir mal aux mains. Lorsque le rideau rouge tomba, le cœur de Lucie se serra, comme si elle venait de dire adieu à des amis.

— Pas trop fatigués après cette journée bien remplie ? demanda Mme Greene alors qu'ils quittaient leurs places.

— Oh non ! répondit Lucie. Je suis en pleine forme !

Les autres hochèrent la tête.

— Alors ça vous dirait d'aller faire un tour dans les loges ? proposa la mère de Flora.

— On peut ? C'est vrai ? fit Emma, les yeux brillants.

— Ce serait super, on pourrait faire dédicacer nos programmes, renchérit Lucie.

Ils traversèrent la foule à la suite de Mme Greene. Arrivée sur le côté de la scène, elle ouvrit une petite porte et leur fit signe de la suivre.

Une grande femme blonde vint à leur rencontre et les embrassa. Emma, Lucie et Jeremy étaient tout intimidés.

— Ah, Jackie, Flora, vous voilà ! Et ce sont vos amis, n'est-ce pas ?

Flora présenta ses amis à la chorégraphe.

— On m'a dit que vous êtes de très bons danseurs, déclara l'amie de Mme Greene en leur serrant la main. J'espère que vous viendrez travailler ici dans quelques années !

— Ce sont nos futures stars ! confirma la mère de Flora.

Lucie rosit de plaisir en imaginant qu'elle pourrait un jour se retrouver là, dans ces loges, avec une foule de fans qui l'attendraient devant le théâtre…

— Une visite des coulisses, ça vous plairait ? proposa la mère de Flora. Certains danseurs sont peut-être déjà partis. Mais vous les verrez tous demain au barbecue.

— Vraiment ? s'étonna Lucie.

— Bien sûr, ils sont tous invités, confirma la mère de Flora.

La chorégraphe les conduisit à travers un labyrinthe de couloirs étroits et sombres. Quel changement comparé au luxe de la salle de spectacle ! Elle leur montra la machinerie qui permettait de changer les décors, puis leur fit descendre quelques marches et frappa à une porte. La loge des artistes ! Ils étaient en train de se démaquiller devant une rangée de miroirs brillamment éclairés.

— Donnez-moi vos programmes, proposa-t-elle. Je vais les faire circuler pour que tout le monde les dédicace et je vous les rapporterai demain.

Lucie ouvrait de grands yeux émerveillés : quelle chance de pouvoir passer de l'autre côté du décor !

Lorsqu'ils ressortirent du théâtre, le père de Flora les attendait. Les enfants s'écroulèrent sur la banquette arrière de la voiture. Quand ils arrivèrent chez les Greene, ils dormaient tous à poings fermés !

9

Une chambre de princesse

*U*n rayon de soleil vint chatouiller les paupières de Lucie. Elle entrouvrit les yeux… « Mais ce n'est pas ma chambre ! » s'inquiéta-t-elle. Elle ne reconnaissait ni ce lit à baldaquin blanc, ni ces grands rideaux flottant au vent devant la fenêtre ouverte…

Il lui fallut quelques minutes pour se rappeler la journée de la veille, la merveilleuse soirée au théâtre… Elle était chez Flora. Comment avait-elle pu oublier !

— Tu dors, Lucie ? chuchota Emma. Tu as vu cette chambre ? Une vraie chambre de princesse…

Lucie s'étira et répondit en bâillant :

— Ou un décor de cinéma !

La pièce, immense, toute rose et blanche, était couverte d'étagères pleines de livres, de poupées en porcelaine et de peluches.

Lucie remarqua que la porte-fenêtre s'ouvrait sur une petite terrasse. Elle sortit du lit pour aller voir dehors, suivie de près par Emma.

La terrasse donnait sur un vaste jardin fleuri. Le père de Flora était en train de se baigner dans une piscine à l'eau bleu turquoise.

— Bonjour, les filles ! leur cria-t-il.

— Bonjour, monsieur Greene !

— Je parie que Flora dort encore.

— Gagné ! répondit Lucie en riant.

— Vous pouvez descendre quand même. Venez piquer une tête avant le petit déjeuner, si vous voulez !

— On arrive !

— Moi aussi ! annonça Jeremy, passant la tête par la fenêtre d'une autre chambre.

Cinq minutes plus tard, les trois amis étaient en train de barboter dans la piscine.

— C'est dommage que Flora ne soit pas là ! remarqua Jeremy.

— Ma fille est une vraie marmotte, répliqua Mme Greene, qui prenait un

bain de soleil dans une chaise longue.
Et le bruit ne la réveille même pas !

— C'est faux ! Je vous entends parler
de moi, fit une petite voix ensommeillée.

Ils levèrent la tête.

Flora était sur la terrasse et se frottait
les yeux.

— Tu viens nager ? proposa Jeremy.

— Non, pas tout de suite, je vous re-
trouve en bas pour le petit déj.

Et elle rentra dans sa chambre en
bâillant.

— À mon avis, elle ne veut pas abî-
mer sa coiffure en se mouillant les cheveux, plaisanta sa mère.

Ils prirent le petit déjeuner autour
d'une grande table sous la véranda. Flora
avait encore l'air endormi.

— Tu as de la chance d'avoir une belle chambre comme ça, remarqua Emma.

Flora soupira.

— Tu aimes ? C'est ma mère qui l'a décorée.

— Elle ne te plaît pas ? s'étonna Emma.

— Si, si, elle est pas mal. Mais j'aurais préféré un truc un peu plus fun, avec plein de couleurs…

— Pourquoi tu ne lui as pas dit ?

— Ça lui faisait plaisir. Quand elle était petite, elle rêvait d'avoir une chambre comme la mienne. Je n'ai pas osé lui avouer que j'aurais préféré quelque chose… de différent.

— Plus tard, tu peindras la chambre de ta fille de toutes les couleurs, pour qu'elle soit « fun » ! s'exclama Jeremy.

— Oui, et elle, elle rêvera d'une chambre de princesse avec un lit à baldaquin, compléta Lucie.

Cette idée fit sourire Flora. Lucie lui demanda :

— Les danseurs de *West Side Story* vont vraiment venir au barbecue ?

— Oui, certains, confirma Flora. C'est cool ici : il y a le jardin, la piscine… Ils viennent souvent.

— Et Barry sera là ? voulut savoir Jeremy.

— Oh oui, bien sûr ! C'est un ami de la famille !

— Il faut qu'on le remercie : c'est grâce à lui qu'on a pu faire les photos hier, remarqua Lucie. S'il n'avait pas eu son accident, on n'aurait jamais eu l'occasion de jouer les mannequins !

10

Une vie de star

Installé dans une chaise longue, la jambe posée sur une pile de coussins, Barry était le roi du barbecue. Emma et Lucie étaient aux petits soins pour lui. Elles lui avaient apporté à manger, à boire, un parasol qui lui faisait de l'ombre…

— Vous n'avez plus besoin de rien ? demanda Emma. On peut vous laisser un instant pour discuter avec les danseurs ?

— Bien sûr, allez-y, je survivrai seul pendant un quart d'heure, répondit-il en riant.

— Alors à tout à l'heure.

— Amusez-vous bien !

Les danseurs étaient presque tous dans la piscine. Flora était assise au bord, les pieds dans l'eau, en train de bavarder avec eux. Elle avait mis un maillot et un paréo bleus assortis à ses cheveux.

— Tu ne trouves pas que Flora a déjà l'air de faire partie de leur monde ? remarqua Lucie. Elle est tellement à l'aise avec eux.

— C'est une artiste, confirma Emma.

— Mais à part nous, elle n'a pas d'amis de son âge. Elle n'a pas le temps.

67

— Oui, ce doit être dur. Moi hier, j'étais complètement é-pui-sée ! Je ne ferais pas ça tous les jours.

— Pas facile, la vie de star ! conclut Lucie.

Emma sourit.

— Je n'aimerais pas être à la place de Flora.

— Moi non plus en fin de compte, reconnut Lucie. Par contre, faire des photos de temps en temps, ça me plairait bien.

— Oui, ce serait chouette !

Lucie et Emma s'approchèrent timidement de la piscine. Elles n'osaient pas aborder les membres de la troupe. Coup de chance, l'amie de Mme Greene, la chorégraphe, les aperçut. Elle leur rendit leurs programmes dédicacés et leur présenta certains danseurs. Jeremy, Emma et Lucie purent leur poser des tas de questions : où ils avaient appris à danser, comment ils étaient entrés dans le métier…

Tout à coup, Emma regarda sa montre.

— Oh, on a oublié Barry !

— Ne vous inquiétez pas pour lui, répondit Flora. Regardez-le !

Le photographe était allongé dans sa chaise longue en train de faire la sieste.

Lucie se mit à rire.

— J'espère qu'on le reverra bientôt pour une autre séance de photos.

— Pas de problème, affirma Flora. Je suis sûre qu'Éléonore vous redonnera du travail avec plaisir, si vos parents sont d'accord, bien sûr.

Le soir, de retour à la maison, Lucie raconta son week-end de rêve à sa mère, puis elle s'empressa de lui demander :

— Je pourrai continuer à faire des photos, maman ? Tu sais, Flora gagne plein d'argent grâce à ça.

— Ton emploi du temps est déjà bien rempli entre l'école et les cours de danse.

— Ce serait juste un après-midi de temps en temps, protesta-t-elle. Comme ça, je t'aiderai à payer les cours.

— On verra… Tu pourras peut-être poser pour le même catalogue l'an prochain.

Lucie soupira. L'an prochain, c'était loin, mais c'était mieux que rien !

Après tout, elle avait bien le temps de devenir une star !

Dans la même collection

1. Premières leçons
2. Lucie, petit rat
3. Une ennemie pour Lucie
4. Faux pas
5. Une nouvelle épreuve
6. Une amie de plus
7. Courage, Emma !
8. Haut les cœurs !
9. Lucie a des soucis
10. Comme dans un rêve
11. Trop curieuses
    (à paraître en juillet 2003)

Des livres plein les poches, POCKET *jeunesse* des histoires plein la tête

Composition : Francisco *Compo*
61290 Longny-au-Perche

Impression réalisée sur Presse Offset par

BRODARD & TAUPIN

GROUPE CPI

La Flèche (Sarthe), le 19-03-2003
N° d'impression : 17138

Dépôt légal : avril 2003

Imprimé en France

 12, avenue d'Italie • 75627 PARIS Cedex 13

Tél. : 01.44.16.05.00